— 诺奖童书 —

曙光别墅

〔法〕勒克莱齐奥 著

张璐 译

锅一菌 绘

人民文学出版社
PEOPLE'S LITERATURE PUBLISHING HOUSE

著作权合同登记号 图字 01-2021-7007

Villa Aurore suivi d'Orlamonde
in *La Ronde et autres faits divers*
© Éditions Gallimard, Paris, 1982

图书在版编目（ＣＩＰ）数据

曙光别墅 /（法）勒克莱齐奥著；张璐译；锅一菌
绘 . -- 北京：人民文学出版社，2022
（诺奖童书）
ISBN 978-7-02-016524-7

Ⅰ .①曙… Ⅱ .①勒… ②张… ③锅… Ⅲ .①儿童小
说－短篇小说－小说集－法国－现代 Ⅳ .① I565.84

中国版本图书馆 CIP 数据核字 (2022) 第 025155 号

责任编辑　卜艳冰　王雪纯　郭良忠
装帧设计　李　佳

出版发行　人民文学出版社
社　　址　北京市朝内大街 166 号
邮政编码　100705

印　　制　上海盛通时代印刷有限公司
经　　销　全国新华书店等

字　　数　25 千字
开　　本　890 毫米 ×1240 毫米 1/32
印　　张　2.25
版　　次　2022 年 3 月北京第 1 版
印　　次　2022 年 3 月第 1 次印刷

书　　号　978-7-02-016524-7
定　　价　35.00 元

如有印装质量问题，请与本社图书销售中心调换。电话：010–65233595

目录

曙光别墅

　　曙光别墅一直坐落于此，就在小丘的山顶，被杂乱的绿树半遮半掩，不过透过棕榈和蒲葵高大的树干间隙，依然可以看到白云颜色的大宅，美轮美奂，在绿叶的阴影里边摇曳。虽然大家管它叫曙光别墅，可别墅的门柱上从未刻过名字，只有大理石门牌上刻有一个数字，而这个数字也在我有印象之前消失不见了。也许它获得这个别称正是因为云朵的颜色，宛如地球之初那清晨的天空，轻薄，泛着珠光。不过曙光别墅人尽皆知，它是我记事以来见过的第一座大宅，是别人带我看的第一座异国风格的房子。

　　也是在同一时期，我听人说起曙光别墅的女主人，大概是有人把她指给我看过吧，有时她在别墅花园的小径里漫步，头戴一顶硕大的园丁帽，有时在修剪大门旁边的玫瑰枝条。不过，我对她的记忆模糊短暂，几乎不可捉摸，比如，我完全无法肯定自己真真切切地看见过她，有时我甚至琢磨，她是不是我幻想出来的。我经常漫不经心地听人交谈，有人提起过她（尤其是在我祖母和她朋友之间的对话里），但是不出两句，我就感觉她是个奇人，也许是何方仙女。曙光别墅夫人：就连这名字也神秘莫测，教人浮想联翩。每每想到她，每次靠近这片领地，我的内心都翻腾起一种冒险的感觉，正因为她的名字，因为灌木丛间隙里隐约可见的珠光色屋子，也因为广阔荒凉的花园，里面生活着许多鸟儿和流浪猫。

后来，我跟另外几个调皮的小孩发现了进入领地的法子，从北面山坡到溪谷旁边，从老墙上的一个缺口钻进去。不过那时，我们已经不称呼曙光别墅夫人了，甚至不提曙光别墅。我们拐弯抹角地说："去流

浪猫花园"，或是"去穿墙洞"，这些说法肯定是我们自己编出来的，一则可以驱散幼年时的神秘印象，二则可以让我们光明正大地进去。但是，我们非常谨慎，只待在花园荒芜的地带，那里生活着流浪猫和它们那一窝窝失明的小猫，真是不可思议，还有两三座石膏雕塑，倒在绿树丛中。在玩捉迷藏、穿过虾膜花和月桂树进行侦查探险时，我偶尔能勉强看到远处的大宅，旋转楼梯被棕榈树干团团围住，宅子看起来如空中楼阁。然而，我从未听过女主人的声音，也从未见过她站在楼梯的台阶上，或在砾石小径上，就连方窗玻璃后面的影子都没见过。

可当我想起这段时期，感觉非常奇特，仿佛我们大家都知道，妇人就在那里，她住在这座屋子里，在这里，她就是女王。我们从未见过她，从不认识她，

甚至对她的真名一无所知，可我们心里明白，她就在那里，我们是她的熟人，她的邻居。她身上不知什么东西，就存在于这个街区、小丘之上，这东西我们看不见摸不着，但是树木里，棕榈树上，白房子的剪影中，两根石砌门柱上，甚至铁链锁住的、锈迹斑斑的高大的栅栏门上……无处不在。就像有一种非常古老、非常温柔，又非常遥远的东西存在，像那灰色的老橄榄树、被雷劈裂的巨松、如城墙般围绕领地的老墙。这

东西也存在于积满尘土的月桂树散发的强烈的香气中，在海桐和橙子树的树丛里，在柏树修成的阴暗的篱笆里。日复一日，一切仍在那里，纹丝不动，依然如故，尽管大家并无意识，也无所企求，但领地中心女主人的存在，让大家感到幸福。

猫儿们也是，深得大家的欢心。有时，几个捣蛋鬼会用石头驱赶它们，可一旦他们爬进墙上的缺口，就会放弃追捕。他们清楚，在这里，在花园中，一到老墙里边，流浪猫就回到了家。上百只猫群居在此，躺在北坡的岩石里面，或是半藏在老墙的墙凹里，在苍白的冬日下晒太阳取暖。

我认识所有的猫，就好像我知道它们的名字似的：白毛公猫独眼龙（双耳都在打斗中撕烂了）、红棕毛色的公猫、天蓝瞳孔的黑毛公猫、爪子总是脏兮兮的黑白毛色的公猫、金色瞳孔的灰毛母猫；还有它们所

有的孩子，断尾巴的公猫、断鼻子的虎斑、像只小老
虎的公猫、安哥拉长毛公猫；还有一只白毛母猫，带
着三只跟它一样全白的小家伙，一个个都饿得皮包骨
头，受到惊吓时，瞳孔放大，全身炸毛，只有沾了污
泥的毛贴在身上；还有所有那些奄奄一息的猫，流着
眼泪，淌着鼻水，瘦骨嶙峋，连皮毛下面一排排肋骨
和背上的脊椎都突显出来。

　　它们生活在美丽而神秘的花园里，仿佛它们是曙
光别墅夫人的造物。而且，我们在白房子这面的小径
探险时，偶尔能看到一小堆一小堆的食物，放在蜡纸
或破搪瓷盘里。她给猫送去食物，猫是唯一能够接近
她、跟她说话的生物。有人说，她在食物里下了毒，
好让流浪猫结束痛苦，可我认为这不是真的，这只是
不了解曙光别墅的人编造出来的传说，他们对她心存
恐惧。而我们，我们不敢离小径或围墙太近，仿佛我

们不是同一类人，必须始终保持距离。

还有鸟儿，我也喜欢鸟儿，因为这里都是飞得很低的乌鸫，从一棵树跳到另一棵树。它们的啼鸣声有种嘲弄人的调调，它们栖息在月桂树的高枝上，或是藏在南洋杉幽暗的树冠里。有时，我吹起口哨回应它们的叫声，因为只有这里能让人藏身灌木之中，模仿鸟儿啼鸣，无人打扰。这里还有知更鸟，而且傍晚夜幕降临在花园里，不时会有神秘的夜莺唱起天籁之音。

这座荒废的大花园里还有一座诡秘的建筑：像座圆形神庙，高大的圆柱上支撑着圆顶，圆顶上饰有壁画，其中一面写着一个神秘又奇怪的单词：

OUPANOΣ

很长时间里，我一直半藏在高高的野草丛中，在月桂树叶之间，看着这个奇怪的单词，不明所以。这是一个能将你带往遥远的过去、带往另一个时代、带

往另一个世界的单词，仿佛它是一个不存在的国度的名字。神庙里面没有人，只有几只乌鸫在白色大理石台阶上蹦跶，野草和爬山虎逐渐爬上圆柱，盘结在一起，形成一片片深色的斑块。暮色中，大理石台阶的阴影和神庙列柱上闪着光芒的有魔力的字母，让这里更为神秘。那个时候，我相信它是真的神庙，有时我会跟索菲、卢卡、米歇尔，还有附近其他孩子一起去那里，匍匐在草丛里观察神庙，不发出一点声响。不过，我们没人敢走上神庙的台阶去冒险，生怕笼罩在此的魔法突然消失。

之后，在我已经不去曙光别墅花园的时期里，有个家伙告诉我神庙究竟是什么，说修建者是个疯疯癫癫的人，自以为回到了古希腊时代，他甚至告诉我那个神奇的单词是什么意思，怎么读，他告诉我，乌拉诺斯，这在希腊语里是"天"的意思。他在课上学到

的，他可是特别骄傲，我倒是不以为然，我想说的是，
这一切已然封尘在我的记忆之中，谁也无法改变。

　　在曙光别墅花园里的那个时期，白天又长又惬意。
城里毫无乐趣可言，街道、山丘，就连树木和棕榈之
间可以远远地眺望的大海也索然无味。冬季，花园阴
暗，处处滴着雨水，却也很是惬意，可以背靠棕榈树
干坐下，听雨滴敲打硕大的棕榈叶和月桂树叶。空气
静止、冰冷，听不到一声鸟鸣、一丝虫吟。夜来得快
而深沉，背负着无数秘密，带来一种炊烟的呛人味道，
潮湿的影子教人直起鸡皮疙瘩，让树叶微微抖动，如
同池塘上方吹来的一阵微风。

　　夏天即将来临时，酷热刺眼的太阳出现在树枝高
处，灼烧着桉树附近几小片林中空地。暑气上来的时
候，我跟猫一样匍匐前行，直到大门处的灌木丛中，
从那里我可以看到神庙。这一刻是最美的：蓝天之上，

10

11

万里无云，神庙的白色石块令人炫目，我不禁闭上眼睛。就这样，我看着这个有魔力的名字，只需这个名字，我便能离开这里，就像去到另一个世界，进入一个还不存在的世界。那里，只有这赤裸的蓝天，还有这白色的石块、高大的白色大理石柱子，还有夏虫的沙沙声，宛如阳光发出的声响。我坐在这世界的入口几个钟头，并不真正进去，只是看着诉说这具有魔力的名字的几个字母，感受阳光和气味的力量。时至今日，我依旧能够闻到，月桂树有些刺鼻的香气，烈日灼烧断枝和碎落的树皮那呛人的气味，还有红土地散发的气味。与真实存在的东西相较，这气味拥有更多的力量，还有阳光，那一刻在花园里收集起来的阳光，依旧在我身体里跃动，比白天的阳光更加美丽，更加耀眼。这一切不该发生改变。

就在此后，我生活中出现了一种巨大的空洞，

直到一次偶然，我重新见到了曙光别墅，它的围墙，它的栅栏门，还有那一大丛灌木、月桂树、老棕榈。为什么有一天，我不再从墙上的缺口爬进墙内，继续穿行在黑莓丛里，窥探鸟儿的啼鸣和流浪猫逃开的影子？仿佛一场大病，久治不愈，将我与童年时光，与游戏、秘密、小径完全分成两个碎片，再也无法拼在一起。在我内心消失的那个孩子，他在哪里？不过短短几年，他没有料到会产生这样的决裂，像得了遗忘症，被永远地流放到另一个世界。

他再也看不到花园，再也不思念花园。假神庙三角楣上那个有魔力的单词被完全擦去，从他的记忆中消失不见。这是一个没有意义的单词，只能为曾经像蜥蜴一样在阳光下一动不动、半藏在枝叶后看着这个单词的人打开通向另一个世界的大门。然而，当人不再去看，当人不再相信，这个单词逐渐被忘却，重新变成了人们视而不见的单词，跟涂在墙上、写在报纸上、闪耀在橱窗上的所有单词一样。

于是，就在这个时期，学希腊语的一个同学路过时对我说，这个单词的意思是"天"，没什么深刻的含义。这俨然成了闲聊的谈资，您应该明白我的意思吧。闲聊的谈资，不过空话一句，无关痛痒。

一个周六的下午，考试周前夕（这个时期我开始学习法律），我下了决心，再去看看那里的一切。我离开这个街区太久，甚至找不到爬上山丘、通到曙光别墅围墙的那条路。眼前满是高耸的楼房，在小丘上无序地拔地而起，直到山顶，一栋接一栋，挤在庞大的柏油地基上。几乎所有的树木都消失不见，只剩下零星的一两棵，散布开来，也许是灾难过境时遗漏下来的：橄榄树、桉树、几棵橙子树，迷失在这片沥青和混凝土筑成的海面之上，看起来孱弱老态，暗淡无

色，奄奄一息。

我走在陌生的街道上，心开始阵阵发紧，这一切都给我一种奇怪的感觉，感觉忧心忡忡，又有些惶恐，毫无缘由地，感觉死亡逼近。阳光洒在楼房的外墙上、阳台上，点燃了大玻璃窗上的点点闪光。秋日温暖的和风吹动了树篱的叶片，还有住宅花园里的景观植物，现如今，这里种着姹紫嫣红的盆栽植物，都是些我没听过的奇怪的名字，叫什么一品红、秋海棠、鹤望兰、蓝花楹。一路上，也能跟过去一样，时不时见到鸣叫的乌鸫，在环岛中间的草坪上蹦蹦跳跳，还能听见孩子的嬉闹和犬吠。但是，这一切的背后隐藏着死亡，我感到，死亡无法避免。

死亡同时来自四面八方，从地面升腾而起，在过于宽阔的道路上延伸而去，在空荡荡的十字路口，在光秃秃的花园之中，死亡在老棕榈灰色的大叶片间摇

14

15

来晃去。或许，像是一片阴影、一个倒影、一丝气味、一种栖于万物之中的空虚。

于是，我停下脚步，想弄明白。一切发生了天翻地覆的变化！别墅不是消失，就是被重新粉刷、扩建、改造。过去花园的地块有斑驳的高墙保护，如今却耸立起十层、八层、十二层的高楼，白得刺眼，犹如庞然大物，矗立在满是油污的停车场旁。最令我忐忑的是，我此时再也无法重拾回忆。如今眼前的一切在一个瞬间，抹去了我童年的所有回忆，只留下一种空虚、残缺的痛苦，一种隐隐的、说不清道不明的苦闷，将我过去和当下的情感撕裂开来。似乎有什么被夺去了，像被流放、背井离乡，又像被背叛，或仅仅被排斥，于是，我感觉到死亡，一种虚无。沥青和混凝土、高耸的墙壁、种满草皮和金盏菊的土地、镀镍铁丝网围成的矮墙，这一切所构成的形状，满布着令人忧虑的光芒，有种不祥的意味。这时，我恍然大悟，不再定睛注视我的世界的人是我，背叛了我的世界的人也是我，是我将它抛弃，任其变得面目全非。我望向了别处，我走到了别处，我不在的这段时日里，一切发生了变化。

曙光别墅现在在哪儿？我沿着空荡荡的街道，匆匆走上小丘顶上。我看到每栋楼房的名字，以金色描在大理石门楣上，名字浮夸而空洞，正如楼房的墙面、窗户和阳台：

明珠

黄金时代

金色阳光

草木樨

向阳露台

我想到了那个有魔力的字，我和任何人都只能远

观而永远无法读出的单词，刻在灰墁墙面的假希腊神庙顶上的那个单词，可以带人乘上阳光，飞上耀眼的蓝天，高于一切，直到那还不存在的国度。或许，我所留恋的正是这个单词，少年时代的岁月中，我远离了花园，远离了曙光别墅，远离了条条小径。现在，我的心怦怦直跳，觉得有什么东西压在胸口，无法呼吸，那是一种痛，教人心神不宁，因为我知道，我再也找不到我所寻找的东西，知道我永远也无法找到，知道一切已被摧毁，土崩瓦解。

山丘顶上，处处是废墟，花园被开膛破肚，大地被挖掘得伤痕累累。工地上，巨型起重机一动不动，令人毛骨悚然，卡车在车道上留下道道泥痕。高楼仍在生长。它们不断壮大，咬噬掉老旧的围墙，磨平了土地，在周围铺开大片的沥青，和令人炫目的光秃秃的水泥地。

我虚起眼睛，望向落日映在白色墙面上反射的刺眼的光芒。此时，再没有阴影，再也没有秘密。只有楼房的地下车库，宽宽的黑门大敞着，能看见底层雾蒙蒙的过道。

我时不时认出一座屋子、一面围墙，甚至是一棵树，一棵劫后余生的老月桂。可这就像束反光，瞬间亮起，又立刻熄灭，还没趁我反应过来，就早已荡然无存，只剩下空荡荡的柏油马路和遮住了天空的高墙。

我在山顶上久久徘徊，想找寻一丝痕迹、一点征兆。夜幕开始降临，光线昏暗不清，乌鸫在高楼之间低空飞过，寻找过夜的地方。是它们将我领到了曙光别墅。一瞬间，我看见了它。起初我并没有认出来，因为它处在大环岛的下方，缩在弯道下边的挡土墙里，只能看见屋顶平台和烟囱。我怎么能将它忘得一干二净！我跑过公路，在两辆汽车间穿行，心跳得厉害，

终于来到铁丝网旁。这的确是曙光别墅。我从未如此近距离地看过它，我更是从未想过，从高处望去，像从一座桥上向下望去，它会是什么模样。就这样，它出现在我面前，忧伤阴郁，已然被废弃，落地窗的百叶紧闭，石膏墙满布着锈迹和炭斑，灰墁被衰老和不幸侵蚀。我透过月桂树低矮的枝条窥探别墅，却发现，过去让它成为梦幻般存在的轻盈的珠光颜色已毫无踪影。它再也不是曙光的颜色。如今的别墅是种阴森的灰白颜色，疾病和死亡的颜色，酒窖里木头的颜色，就连暮光那柔和的色彩也无法将它照亮。

然而，再没有什么能够掩藏它、保护它。周围的树木尽数消失，仅剩三两根橄榄树干东倒西歪，怪模怪样，长在公路下方、老宅的两边。我凝神观察，一棵棵地辨认出旧时的树木，棕榈、桉树、月桂、柠檬树、杜鹃，每棵都是我的老相识，跟人一样亲近，就像一位我难以靠近的巨人朋友。千真万确，它们依旧在那儿，它们依然存在。

可跟曙光别墅一样，它们如影子般空洞、暗淡而细弱，仿佛枝干里边早已枯槁。

就这样，我在公路上一动不动，待了好些时间，看着老宅屋顶，看着这些树木，还有幸存下来的那小片花园。就这样，我看见了过去，看到童年的景致，希望过去所爱能重现眼前。过去的画面，来了又去，再来的时候，游移不定，模糊不清，或许带着痛苦，那是一个充满狂热和迷醉的画面，灼烧着我的双眼和脸上的皮肤，让我双手颤抖。山丘顶上，暮光摇曳，覆盖了天空，随后退出天际，让位给烟灰色的云朵。周围，城市静止不动。轿车的车轮不再转动，火车、卡车在高速公路交叉口停下。我身后的公路，横穿了过去曾是曙光别墅花园的地方，一条长长的弯道，宛

如悬在天边。最后一丝阳光在消失之前，惊艳了世界，让世界凝固，再静止那么几分钟。我的心跳得更快，脸颊滚烫，我用尽全力，试图以最快的速度赶到我曾深爱的世界，让那世界的一切重现在眼前，那些树洞、那些树荫下的绿叶隧道，还有潮湿泥土的味道、蚂蚱的唧唧声、野猫的秘密小道，还有它们在月桂树下的小窝，曙光别墅轻如云朵的白墙，尤其是那座如热气球般遥远神秘的神庙，门楣上刻着那个我只能去看却无法读出的单词。

有那么一瞬，我闻到了火烧树叶的焦味，以为自己能进入那个世界，重见当时的花园，重见花园中索菲的面孔，听到孩子们的嬉笑打闹，而我的身体也变回孩子，双腿、双臂缩短变小，我重获自由，在花园里奔跑。

可当气味飘走，太阳消失在山丘顶上的云朵后边，暮光暗淡下去。于是，一切都逐渐消散。就连汽车，也重新在公路上行驶起来，飞速地开过弯道，远去的马达声令我心痛。

我看见了曙光别墅的墙壁，现在它离我如此之近，如果没有道路边矮墙上的铁丝网，仿佛伸手便可触及。我看见墙壁的每处细节，斑驳的墙面上有道道条痕，霉斑布满了排水沟，还有修路时留下的沥青碎块和机器刮出的条条伤口。此时，落地窗的百叶紧闭，仿佛再也无需打开，就像盲人合紧的双眼。宅子周围，砾石之间的土地里长满野草，处处被虾膜花丛侵占，让爬山虎和老橙子树无处栖身。宅子里没有一丝响动。但这不同于过去那种有着魔力的静、神秘莫测的静。这是一种沉重难耐的无声，揪住我的心，堵住我的喉咙，让我不禁想逃。

然而，我无法离开。现在，我沿着铁丝网向前走，

想感知老宅里的一丁点生命迹象，哪怕是一丝呼吸。
我看到，不远处是刷成绿色的老栅栏门，小时候看到
它总是有些害怕，仿佛它保卫着城堡的入口。大门依
旧未变，可支撑栅栏的门柱发生了变化。现在，门柱
立在公路边上，两根水泥柱被染成了炭灰色。刻在大
理石门牌上的漂亮数字也消失不见。仿佛一切都那么
狭窄，那么忧伤，因衰老而萎缩。门上倒有个门铃，
罩着满是污秽的塑料壳，下面写着一个名字。我读出
了名字：

玛丽 · 杜塞

这是我从未听过的名字，因为大家说起老妇人时，
从来都叫她曙光别墅夫人，可就在看见这个名字的瞬
间，我明白，她就是曙光别墅夫人，她就是我深爱的
那个人，是我藏身在月桂树下，久久窥探，却从未见
到的那个人。

我瞬间就喜欢上了这个刚看到的名字，这个好听的名字与我的回忆完美重叠，我感到无比幸福，之前走在老街区里感受到的挫败感和古怪的感觉被一扫而空。

这一刻，我想去按门铃，无须三思，无须理由，单纯想见到我深爱已久的夫人，看她的面孔出现在我面前。可是我做不到。于是我离开了。我重新沿着空荡荡的街道下山，穿过亮着灯光、车库里停满车辆的高楼。天空中再没有飞鸟，地面上再没有老流浪猫的栖身之处。我也是，我成了一个陌生人。

我重回山丘顶上是在一年之后。我从未停止想念曙光别墅，尽管大学生活活动丰富，疲于琐事，我始终忧心忡忡。为什么会有如此感觉？我想，内心深处，我从未完全接受，自己变得不再像过去的那个孩子，那个从墙上的缺口爬进花园的孩子，就在那里，在荒

芜的大花园中，在猫儿和虫鸣包围之下，找到自己的藏身之地，走上自己的道路的那个孩子。纵使整个世界让我与其分离，这一切依然留在我的心里，活在我的心里。

如今我明白，我终于可以走到曙光别墅，我将按响玛丽·杜塞门柱上方的门铃，我终于能够进入百叶窗紧闭的白色大宅。

奇怪的是，尽管现在我有充足的理由按响别墅的门铃，因为杜塞小姐发布了这份著名的招租启事——"提供一个房间，租给一名愿意照看并保卫别墅的大学生"——我现在却更怕进到里面，推开这扇大门，第一次走进这奇特的领地。我该说些什么？我能保证不哆哆嗦嗦、语无伦次，正常地对曙光别墅夫人说话吗？我能不让自己的眼神出卖我内心的慌乱，尤其是我的回忆、我童年的恐惧和欲望吗？我沿着街道，缓

步走上丘顶，排除杂念，以免再生疑虑。两眼只看着无关痛痒的东西，排水沟里的落叶，近路上洒满松针的台阶，潜伏不动的蚂蚁、苍蝇，丢弃的烟头。

当我来到曙光别墅下方时，被眼前的变化惊呆了。几个月来，新楼已经建成，又辟出了几片工地，拆掉了几栋别墅，挖掉了几座花园。

尤其令我震惊的，是围绕曙光别墅的公路弯道，空空荡荡，像被遗弃，显得更加可怖。只有汽车飞快驶过，不时地按下喇叭，然后远去，消失在高楼之间。楼房太新的墙面上，黑色的柏油路上，汽车的车身上，处处是太阳的闪光。

过去我透过树叶，在假神庙的三角楣上见到的，那美丽的光线去了哪里？如今就连影子也不再相同：住宅楼下有一片片深色大湖，路灯和铁丝网有着几何形状的影子，停下的汽车有着冷峻的黑影。我想到树叶间轻盈舞动的影子，老月桂、棕榈树的枝叶下树影交错。刹那间，我回想起阳光穿过树叶形成的圆形光斑，回忆起蚊蝇聚成的灰色云雾。如今，我在这寸草不生的地面上寻找的正是它们，而我的双眼却被光线刺伤。在过去的岁月里，这一切依旧驻留在我内心深处，如今却毫无遮盖，直接暴露在刺眼的光线下，过去的一切在我眼前，如蒙上一层薄纱、一片云雾，让我头晕目眩：花园的影子，树木柔和的荫蔽，仿佛下一刻，珠光色的富丽老宅就要在花园、秘密、野猫的簇拥下闪亮登场。

我只按了一下门铃，非常短促，或许心里盼着没人来开门。可没过一会儿，别墅的大门就打开了，我看见一位老妇人，穿得像个农妇，又像园丁；她站在门前，眼睛被光刺得眯成一条缝，却努力地想看清我。她并不问我为何前来，也不问我是何许人也，于是，

我透过栅栏门大声对她说：

"我叫吉拉尔·埃斯泰夫，我看了启事，给您写过信，来租房的……"

老妇人继续看着我，没有回答；然后，她微微一笑，对我说：

"您稍等，我去拿钥匙，马上就回来……"

听到她温柔却沙哑的嗓音，我明白，我无须大声说话。

过去，我从未见过曙光别墅夫人，而现在我确信，这正是我想象中的那位夫人。一位老妇人，面色被阳光晒黑，白色短发，身上的衣服与她的年龄一道变得老旧，那是贫穷人或农妇的衣服，经历日晒和时间流逝而褪掉了颜色。就像她在门牌上的那个美丽的名字：玛丽·杜塞。

我跟随她走进曙光别墅。我有些无所适从，内心忐忑，因为一切都那么老旧，那么脆弱。在屋里我走得很慢，跟在老妇人身后，默默无言，几乎屏住呼吸。穿过一条阴暗的廊道后，客厅的门打开了，里面洒满了金色的阳光，我透过落地窗的大玻璃，看见绮丽的阳光下纹丝不动的树叶和棕榈叶，仿佛阳光永远不会消逝。当我走进宽敞老旧的大厅，似乎觉得四面墙无止境地向后退去，屋子不断扩大，占据了整座山丘，抹去了周围的一切，楼房、公路、荒凉的停车场，还有混凝土构成的深渊。这一刻，我变回了小时候的身材，那个我永远不该失去的模样、孩子的个头，而曙光别墅的老妇人越长越高，被她老宅的墙壁照亮。

我头晕目眩，只得撑在扶手椅上。

"您怎么了？"玛丽·杜塞问，"您累了？您想喝点茶吗？"

我摇摇头，因为自己的懦弱而倍感羞耻，可老妇人一面快步走开，一面自言自语地回答：

"别这么说，当然要喝，我火上烧着水，马上回来，您先在那儿坐下……"

之后，我们安安静静地喝了茶。我不再头晕，但是心里依旧空空落落，说不出话来。我只是听老妇人说话，讲述老宅的遭遇，或许是老宅正在经历的最后一次危机。

"他们来过了，他们还会再来，我知道，所以我才需要帮助，至少，如果有像您这样的人，帮我——我本想让一个女孩子住进来，我觉得那样更方便，对她对我都更方便，可毕竟，您要知道，已经来过两个女孩，她们参观了屋子，然后礼貌地向我道别，我再也没见过她们，我能理解她们。尽管现在看起来非常安静，可我知道，他们会再来，他们会在晚上来，用铁棍敲我的百叶窗，他们还会砸石头，疯狂地尖叫。他们这样做已经几年了，您明白吗？就是为了把我赶

走，可我又能去哪里？我一直生活在这座屋子里，我不知道可以去哪儿，我没法离开。在这之后，一般就在第二天，会来一个承包商，他会按响我家的门铃，就跟您一样。这时候就要您去接待他，您对他说您是我的秘书，您告诉他……不行，说到底这是无用功，我很清楚他想要什么，他也很清楚如何得到他想要的，这么做也不会有任何结果。他们拿走了地皮修公路、盖学校，然后，他们把大片的土地划成小块造楼房。可还剩这座屋子，现在他们想拿走的就是我的屋子，他们不得到就一刻也不让我安宁，可这又是为了什么？为了继续盖楼房，继续盖。我知道他们会再来，在夜里。他们说是高楼里住的孩子来捣蛋，他们总这么说。可我知道根本不是。就是他们，是他们所有人，建筑师、承包商、市长和他的那些助理，他们这帮人，眼睛盯着我这块地很久了，他们想把它拿到手已经很久了。他们直接把公路建在那里，就在屋后，他们以为我会因此搬走，但是我关上了百叶窗，我再也不会打开，我只待在花园这面的房间里……我有点筋疲力尽，有时候我真觉得该走了，离开这里，把房子让给他们，让他们把他们的楼房盖完，结束一切。但是我做不到，我不知道去哪里，我在这里住得太久了，久到对外界一无所知……"

就这样，她用甜美的嗓音说话，小得几乎难以听见，而我，看着放满老家具的大房间里，绮丽的光线以难以察觉的方式移动，因为外面空旷的天空里，太阳正沿着它弯曲的轨道下落。我想到过去的时日，藏在花园的灌木丛中，那时，还有树木能遮挡山丘脚下城市喧嚣。好几次，我想告诉她，过去发生了什么，告诉她，我从墙上的缺口钻进来，在花园里玩耍，野猫都四散逃进矮灌木里。我想跟她讲，棕榈树间直射

而下的明亮的大光斑，突然间令人炫目，如同一朵云彩、一片羽毛。我甚至开了个头说：

"夫人，我记得，我……"

可话只说到一半，老妇人安静地看着我，眼睛清澈明亮，我却不知为何，不敢继续。随后，我突然明白，我的儿时记忆根本不值一提，现如今，新城市侵蚀了曙光别墅，在此满布的伤口、痛苦、焦虑，根本无从隐藏。

于是，突然间我如梦初醒，知道我不能待下去了。醒悟的那一瞬，我打了一个激灵，来得非常突然。城市具有毁灭性的力量，汽车、巴士、卡车、混凝土浇筑机、起重机、空气锤、风动冲击钻、粉碎机，这一切迟早会来，会踏进沉睡的花园，侵入别墅内墙，将玻璃炸飞，在石膏天花板上开洞，让芦苇栅栏坍塌下来，把黄墙、地板、门框统统推倒在地。

36

37

当我意识到这一切时，恍然若失。老妇人不再说话。她的身体稍稍前倾，正在冷掉的茶水上面，她望向窗外逐渐暗去的阳光。她的嘴唇微微颤抖，仿佛想说些什么。可她不再出声。

有种死寂在她内心，也笼罩在此，笼罩着这座命不久矣的别墅。长久以来，这里无人前来。承包商、建筑师，甚至是市长助理，那个来宣布征地决定的人，号称为了公共利益，要修建学校和公路，可之后再没人来过这里，再没人谈起过这里。正是如今这死寂，紧紧锁住老宅，令其窒息而亡。

我不知道自己是怎样离开的。我估摸着，自己肯定是灰溜溜地逃走的，像贼一样，像之前那两个找双人间的年轻女孩一样。老妇人孤零零地待在被遗弃的大宅中央，在琥珀色阳光照亮的墙面斑驳的大客厅里。我沿着小路和大街走下山丘。汽车开启了车灯，冲入

夜色，车后的两盏红灯渐渐隐没。山丘下方的林荫大道上，摩托一齐发出阵阵轰鸣，还有那充满威胁和仇恨的声音。或许正是这天晚上，这最后的夜晚，他们所有人向曙光别墅发起了总攻，高楼里的年轻男孩和年轻女孩，脸上抹好烟灰，手持刀子和铁链，潜入睡意迷蒙的花园。或许他们骑上了摩托，沿着像巨蛇环绕般紧紧缠住老别墅的大弯道飞驰而过，就在掠过的瞬间，他们将空可乐瓶扔向屋顶平台，也可能，其中

诺奖童书

一个瓶子装有燃烧着的汽油……当我走进车流，走在楼房的高墙之间时，似乎听见远处传来城市爪牙的野蛮吼叫，他们正在一扇接着一扇，推倒曙光别墅的门。

奥尔拉蒙德

世上发生两件相同事情的概率为零。

　　阿娜坐在尖拱大窗的窗洞里。这里是世上她最爱的地方。她爱这里，因为世上就这里能更好地看到天，看到海，只有天，只有海，别无其他，仿佛大地和人类已不复存在。阿娜选择这里，因为这里与世隔绝，高且隐秘，没人能找到她。如同翱翔于世界之巅的海鸟，筑下巢穴，悬于高崖。阿娜找到这里很是开心。她发现这里已经很久，两年，或许更长，那时她父亲去世，母亲从非洲回来。那时皮埃尔有眩晕症，待在下面，而她踩在石缝和突出的石块上爬上石墙，就这样，她一直攀至柱廊。每次攀爬，阿娜都有些头晕，但同时，她的心跳得飞快，那股兴奋劲儿让她力量倍增，一口气把她推上顶端。

当她到达墙顶，感觉五指摸到大窗边缘，那真是太棒了！她钻进大窗里面，背靠石柱，盘腿坐下；她看着天和海，仿佛从未见过：水平线一目了然，稍稍弯曲，海面深邃广阔，波浪看似静止，浪头泛着一条条白沫。

这里，是她的房间，她的家，没人能来这里。每回她来，皮埃尔都只走到悬崖下面的大海前，然后在岩石中间坐下盯梢，周围是开黄花、长满刺的荆豆。有时，她听见皮埃尔尖锐的口哨声，或是风儿带来的他的呼唤：

"噢噢噢——嗳嗳！……"

然后，她跟他一样，把手放在嘴前做喇叭状，回答：

"噢嗳嗳——嗳嗳！……"

但是，他们看不见对方。每当阿娜待在这里，在她的家里，她所看见的只有天和海。

太阳转到她面前，光线照亮了窗凹深处，而海面上有一条大道，像是火焰瀑布。这也很棒。就这样，她什么也不想，一切均可消失。可她并不能忘却，不能，只是，另一个世界的人和事不再那么重要。这就像变成一只海鸥，在轰鸣的城市街道上空飞翔，越过灰色的大房子，飞过潮湿的花园、学校和医院。

　　阿娜有时想到自己生病的母亲，住在城市高处一家大型医院里。但当她来到这里，在她的家里，在面朝大海的废弃高墙的顶端，她能想着母亲，心里不那么痛。她看着蓝天，看着布满闪光的大海，她感觉阳光的热度进到她身体的中心，因为每次她都要把这份热度带去病房，带给母亲。她紧紧地抓住母亲的手，阳光和大海的颜色进入到母亲的体内。

　　"你在学校好好学习了吗？"

　　母亲总问她这个问题。阿娜点点头意思说"是"，

她紧紧地握着母亲消瘦且发烫的手，焦虑地盯着母亲的面孔，直到脸上出现她熟悉的惨淡的微笑。没人告诉母亲，阿娜三个月以来几乎每天都逃学，去看大海和蓝天。现在，小姑娘的脸是一种烤焦的面包的颜色，眼睛里闪烁着异样的光芒。

只有皮埃尔知道她藏在哪里。但是，他不会告诉任何人，就算被打他也不说。他曾左手拉着阿娜、举起右手发过毒誓。每天放学，他都沿着海岸跑到坍塌的岩石那里。他先藏身在荆棘丛中，一动不动等待片刻，防止有人看见。然后他将拇指和食指放在嘴里吹起口哨，尖厉的哨声在老剧院废墟深处回荡。他等待着，心跳得飞快。片刻之后，他听见阿娜的哨声，被悬崖高处呼啸的风削弱了。教会阿娜把手指放在唇间吹哨的正是皮埃尔。

这一切的开始已经很久很久。而今天，这一切会结束吗？阿娜坐在大窗窗洞里，尽管冬日的阳光有些灼热的感觉，她依旧冻得发抖，牙齿打战。她知道自己独自一人。像在等待死亡，没人同她一起。以前，她觉得等待死亡并不难。只要保持冷漠，像卵石一样坚硬，恐惧就无法钻进心里。可是今天，阿娜独自待在她的藏身之所，全身都在颤抖。如果，至少皮埃尔能在，或许她会更有勇气。她试着吹口哨，可她颤抖得太过厉害，无法吹出声音。于是，她喊出了暗号：

"噢嗳——嗳嗳！……"

但是，她的呼唤飘散在风中。

她用尽全力去听，想听毁灭者何时到来。她不知道他们是谁，但是，她知道他们现在会来，来推倒奥尔拉蒙德的墙。

阿娜用尽全力去听。她听风穿过金属骨架、空荡荡的大厅和石拱门发出的奇特声响。她记起第一次走

在遗弃剧院里的情景。那时她沿着混凝土走廊向前走。在看到过天空和大海的无限光芒之后，阴郁的空气令她窒息。再走一段，她进到一座幽灵般的房子，她爬上灰浆大理石台阶，在天井里停下脚步，天井被微光照亮，幽暗如洞穴的光线，她看见装潢饰品坍塌下来，柱廊饰有螺旋花纹，上面支撑的彩绘玻璃却破碎不堪，石砌小池中的喷泉早已干涸，她打了个冷战，仿佛她是泄露这隐修之所的秘密的第一人。她头一回有这种奇特的感觉，就像藏身起来的什么人在看着您。起初，这让她害怕，但这不是一种抱有敌意的目光，相反，非常温柔、遥远，像在梦里，目光同时来自各处，将她环绕，与她混合。于是，她折返回去，指引着她的是风儿幽怨的乐曲，在废弃剧院天花板的金属骨架之间穿梭碰撞。嘎嘎吱吱的缓慢乐曲让她觉得自己飞到了外面，在天空中被光线刺得眼花缭乱。

他们在来的路上，他们很快会来。奥尔拉蒙德已被围挡和铁丝网团团包围。他们摆上了各种告示，上面写着可怖的字句，如同命令：

施工现场　禁止入内

工地危险　性命攸关

采矿爆破

他们开来了黄色的机械，吊钩头在风里摆动的起重机、空气压缩机、推土机，还有机械臂尽头挂着一个巨大金属黑球的机器。皮埃尔说这是用来砸墙的，他在城里见过一台，机器让大球摇摆起来，撞向房屋，房屋瞬间坍塌，仿佛屋子是用尘埃搭成的。

这些机械已来了好几天，阿娜在高墙顶端，在她的家里等待。她知道，如果她离开，毁灭者就会启动他们的机械，推倒所有墙壁。

她听见了他们的声音，就在她上方。他们从大路

进入奥尔拉蒙德的地盘，他们穿过露天平台上的花园，里面长满了黑莓，生活着流浪猫。阿娜听见他们靴子的声音，在水泥屋顶上回荡，在废弃剧院的走廊里回响。她想到了四处逃窜的猫，想到了在墙缝边缘纹丝不动的蜥蜴，还有它们抽动的喉部。她的心跳得更快、更加激烈，她还想，自己要逃走，藏在悬崖下面、坍塌的岩石里。但她不敢动，怕工人看见她。她尽可能地挤在窗凹里面，收起双腿，把手藏在羽绒服的口袋里。

　　时间带来毁灭的时候总是流逝得那么缓慢。阿娜眨着眼睛，看见她希望飞满鸟儿、小蝇和蛛网的天空。远处的海面如同一块铁板，坚硬、光滑，反射着光线。风呼呼地吹，冷风冻僵了小姑娘的身体，吹得她眼里噙满泪水。她等待着，浑身颤抖。她希望有什么东西突然爆炸，希望那些黄色的大个头机械运转起来，最后举起它们的下颚、大螯、额剑，轰轰隆隆地将它们的全部重量甩向老墙。可是什么也没发生。只有一种微小清脆的马达声，非常微弱，还有露天平台不知哪里传来风镐的声音。当太阳位于冬日正午的位置时，阿娜再次呼唤她的朋友。她用手指吹起口哨，然后呼唤："噢嗳——嗳嗳！……"

但是无人回应。或许学校知道他要来与她会合，于是将他关在教室里，关在学校的高墙里边。或许他受到了审问，必须说出他知道的一切。但是，他曾左手拉着阿娜、举起右手，向阿娜发过誓，她知道他不会说的。

寂静重归工地。现在是正午，拆迁工人正在吃饭。也可能他们永远离开了？阿娜等了太久，疲惫不堪，再加上严寒和饥饿，她瘫倒下来，头歪在右肩上。太阳照耀在海面之上，万千星辰光辉闪亮，铺起一条让人可以溜走、可以离去的火之大道。

或许，她在做梦。火光之道的尽头，她的母亲身
着她那条浅蓝色的夏裙，伫立在那儿，等待着她，阳
光在母亲的黑发和裸露的肩膀上闪耀。母亲变美了，
更加轻盈，就像过去从海滩回来时那样，海水的水珠
从她臂膀的皮肤上滚落，闪着光芒。她美丽而幸福，
仿佛永远不会死去。阿娜每每来到这里，来到她的藏
身之地，来到这高墙之上，为的就是看到她。而且，
还有这将她环绕的目光，这是一个她不认识的老人的
目光，但他住在这里，住在这废墟之中。第一次正是
他引导着阿娜来到尖拱大窗这里，能一览无余地看到
广阔大海的地方。他身在别处，他平静而幽远，也许
还有些忧伤，他总将大海呈现给她看。阿娜喜欢感受
他的目光，就在这里，落在她身上，落在她周围，在
水泥老墙上，坍塌的露天平台上，还有被狗牙根和虾
膜花侵蚀的花园里。

　　为什么他们要毁掉一切？当阿娜对皮埃尔说，哪怕她必须死掉，她也要待在上面，在她的家里，皮埃尔没有回答。于是，阿娜让他发誓，永远不向任何人透露她的藏身之地，哪怕被人打，哪怕被人用蜡烛烧脚心。

　　这里属于她，不属于其他任何人。长久以来，她熟识每块石头、每丛百里香、每株带刺的灌木。最早的时候，她害怕奥尔拉蒙德，因为这里荒无人烟，被遗弃的老剧院像座闹鬼的古堡。皮埃尔，他就从来不来。他更喜欢待在下方，藏在坍塌的岩石群里，帮她放哨。毁灭者第一次来的时候，就是他给阿娜带来了消息。他先说了一遍，说得飞快，然后他重复一遍，小姑娘还是没听明白，于是他又重复了几遍；最后她终于懂了，心里感觉冷得透骨，她慢慢地扭头，仿佛下一刻就要昏厥。然后，她飞奔到奥尔拉蒙德，她看到了围挡和铁丝网，看到了布告和停在大路旁边的几辆黄色大型机械，就在头顶上方，像一只只大虫、怪物一般。

突然，她听见轰鸣巨响。可怕的撞击声在石头高墙内回荡，尘土震落在她的头发上。挥动的机械臂末端，铸铁大球沉重地飞起，落在老剧院墙上。阿娜等待的正是这一刻，可她忍不住惊叫起来。她竭尽全力抓紧大窗的边缘，身体贴在高墙上。但是，间隔一会儿，大球就撞击一下，漫长而猛烈，小姑娘的身体也跟着震动，难以忍受。最初几面墙坍塌的声响太可怕了。空气里飘着尘土呛人的味道，一片灰色云雾盖住了天和海，熄灭了阳光。阿娜想要尖叫，想让一切停下，但是恐惧令她发不出声音，高墙的震动让她恍惚起来。现在，墙体倒塌的声音近在咫尺。巨臂的末端，黑色大球摆动，落下，升起，再落下。或许，他们要

毁掉一切、整片大地、岩石、山岗，然后将大海和天空埋进瓦砾和尘土里边。阿娜在大窗边缘躺下，她哭了，一面等着让她粉身碎骨的撞击到来，等着将她所爱的屋子摧毁的撞击到来。

撞击越来越近，近到她能感到粉尘和硫黄的味道进到肺里，近到她看见火星子纷纷落下。沉沉的铁球在她内心撞击，疯狂而猛烈，推倒墙壁，打穿天花板，扭曲了嘎吱作响的金属骨架，一点一点挪向直立在海天之前的石砌高墙。

然后，不知为何，一切戛然而止。沉寂再次笼罩，令人焦虑、压抑。尘土落下，如同火山爆发之后。有人尖叫，有人呼喊。毁灭者都下到了高墙脚下，抬头看向大窗。阿娜明白，皮埃尔背叛了她。是他说了出去，是他将这些人领到她的藏身之所。现在，他们在喊她，在等她下来。可她一动不动。

在她面前出现了一个男人。他是攀着梯子上来的，他靠在大窗边缘，看着阿娜。"你在这里做什么？"他说话的声音很温柔，他把手伸向阿娜，"来吧，走，你不能待在这里。"阿娜摇摇头。她的嗓子发紧，说不出话来。摧毁墙壁的可怖声音依旧留在她体内，仿佛让她永远无法说话。男人弯下腰，把小姑娘抱在怀里。他很壮实，蓝色的工作服上布满灰尘和渣土，黄色的安全帽在阳光下闪耀。

现在，阿娜的内心感到无比困倦，如何挣扎也止不住要闭上双眼，仿佛要沉睡过去。他们到达梯子底端，男人把她放在地上。工人们都在那里，站着不动，没人说话，他们的黄色安全帽闪着强烈的光芒。皮埃尔在他们身边，阿娜看他的时候，他的微笑有些诡异，像是在做鬼脸，于是，阿娜尽管痛苦不堪，依旧有种想笑的冲动。她耸耸肩膀，心想：必须找到另一处地方。

尽管阳光炙热，尘土干燥，阿娜依旧冷得打战。戴黄色安全帽的男人想给她披一件工作服，可她躲闪开来，拒绝了。面前的这些人里，还有个穿着肥大的栗色西装的人，阿娜认出他是学校的一个学监。他们一起走回悬崖上方，在那里，警察的蓝色面包车在大道上等着。

阿娜知道她不会张口，她什么都不会说，永远不会说。在走向警车的小径上，她微微转身，看了石墙最后一眼，还有波光粼粼的大海。奥尔拉蒙德不复存在，剩下的不过是陈年老灰颜色的废墟。老人的目光已经远去，如同熄灭的火堆上腾起的烟云。然而，阳光在海面上的反光照耀在小姑娘的脸上和忧郁的眼中，无论大人对她发多大的火，这光芒也将永不熄灭。

诺奖童书

诺奖童书